© 2011, Editorial Corimbo por la edición en español
Avda. Pla del Vent 56, 08970 Sant Joan Despí, Barcelona
e-mail: corimbo@corimbo.es
www.corimbo.es
Traducido del francés por Rafael Ros
1ª edición octubre 2011
© 1979 de Kazuo Iwamura
Editado por primera vez en Japón en 1979 por Ginjasha Co. Ltd., Tokio
Derechos de traducción al español, negociados con Kazuo Iwamura
a través de Japan-Foreing-Rights Centre/Ute Corner Literary agent, S.L.
www.uklitag.com
Título de la edición original: «Ringo ga Hitotsu»
Impreso en Francia por Clerc, Saint-Amand-Montrond
ISBN: 978-84-8470-428-7

Kazuo Iwamura

# La manzana

Corimbo

Natacha adora subir a lo alto de la colina.

Ha traído una hermosa manzana roja.
Qué placer comer esta hermosa manzana
en lo alto de la colina.

¡Oh, no! La manzana de Natacha
empieza a rodar y rodar...

¡Espérame, manzana, espérame!

¡Conejo, por favor, detén mi manzana!

¡Espéranos, manzana, espéranos!

¡Ardilla, por favor, detén esa manzana roja!

¡Espéranos, manzana, espéranos!

Pero la manzana rueda que te rueda…

Y la ardilla rueda que te rueda…

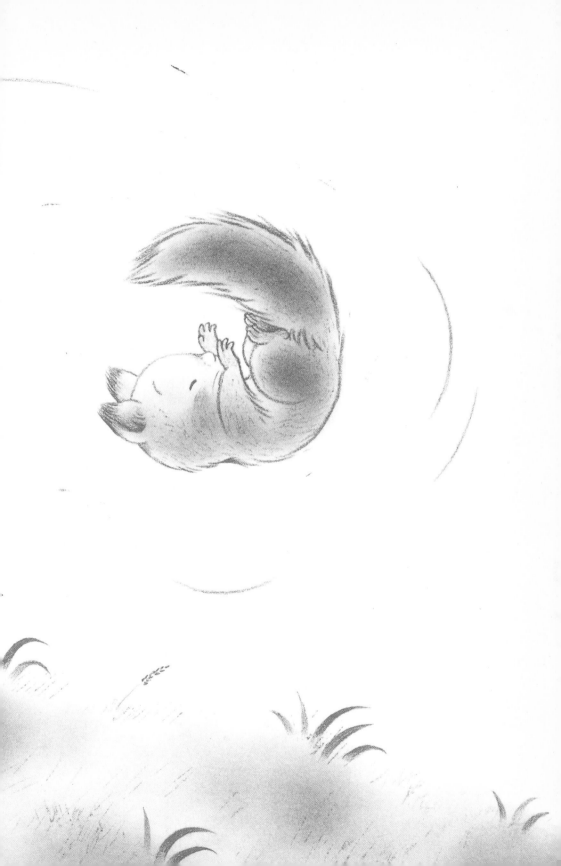

Y el conejo rueda que te rueda…

Y Natacha rueda que te rueda…

Natacha rueda, el conejo rueda, la ardilla rueda,
y la manzana rueda que te rueda hacia el fondo
de la colina.

¡Oh! la manzana se detiene en la espalda de un oso.

¡La ardilla, el conejo y Natacha también!

¡Uf!　　　¡Uf!　　　¡Uf!

¡Uf!

¡Oooh! Qué manzana tan hermosa…

¡Mmmmh, qué bien huele!

¡Parece deliciosa!
¡Me la quiero comer!
¡Yo también!
¡Y yo!

¿Y si vamos a comérnosla a lo alto de la colina?

Natacha muerde la manzana.
Ñam, está deliciosa.

El conejo la mordisquea.
Cric, croc, está deliciosa.

La ardilla picotea la manzana.
Scrounch, está deliciosa.

El oso da un gran bocado a la manzana.
¡Graunch! ¡Oh, qué buena está!

Mirad, quedan las pepitas.

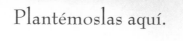

Plantémoslas aquí.

Y un día, en lo alto de la colina, veremos
un manzano con hermosas manzanas rojas.